Nanabosho et les papillons

La maison d'édition Pemmican Publications Inc. remercie de leur soutien le Conseil des arts du Manitoba, Culture, patrimoine et citoyenneté, le Conseil des arts du Canada et le Programme de développement de l'industrie de l'édition.

Imprimé et relié au Canada

Premier tirage (Anglais): 2010   Premier tirage (Français): 2011

Catalogage avant publication de Bibliothèque et Archives Canada

McLellan, Joseph
       [Nanabosho and the butterflies. Français]

Nanabosho et les papillons / Joe McLellan et Matrine McLellan ; illustrations de Jackie Traverse.

ISBN 978-1-894717-62-5

       1. Nanabozo (Personnage légendaire)--Légendes. 2. Ojibwa (Indiens)--
Folklore. 3. Papillons diurnes--Folklore. 4. Légendes--Canada. I. McLellan,
Matrine, 1946- II. Traverse, Jackie III. Titre.

PS8575.L454N336714 2011   j398.2089'97333   C2011-903878-1

PEMMICAN PUBLICATIONS INC.

Committed to the promotion of Metis culture and heritage

150 Henry Ave., Winnipeg,
Manitoba, R3B 0J7, Canada

www.pemmicanpublications.ca

 Canadian Heritage Patrimoine canadien

 Canada Council for the Arts Conseil des Arts du Canada

 MANITOBA ARTS COUNCIL / CONSEIL DES ARTS DU MANITOBA

 Manitoba

 FSC MIXTE Papier issu de sources responsables FSC® C015872

Dédicace

Matrine Therriault McLellan:

À ma très belle fille Dianna. À mon frère Allan et ses enfants;

Shane, Shelley, Tristan, Kelsey, Heidi et Kayleigh,

et à tous les beaux enfants autochtones de tout âge.

Joe McLellan:

À tous mes étudiants, en remerciement pour tout ce qu'ils m'ont enseigné.

Jackie Traverse:

Je veux remercier Joe et mes filles Heather, Cheyenne et Summer,

parce qu'elles sont ma source d'inspiration. Merci.

Un jour, notre Nokomis (grand-mère)

nous a amené voir un grand édifice vieux et vide.

« C'est ici que j'allais à l'école quand j'avais six ans, » nous dit-elle.

« Mais Nokomis, comment veniez-vous ici, tous les jours ? »
demanda mon frère Billy. « C'est loin de notre réserve. »

« Nous devions vivre ici, » répondit Nokomis.

« Est-ce que ta mère et ton père sont venus ici aussi? » demandai-je.

« Non, Nonie, juste moi. » La voix de Nokomis semblait triste.

« Nous devions venir ici parce que les gens ne voulaient plus qu'on

apprenne la façon de vivre des Anishinabe (Ojibway). »

« *Dis-nous, Nokomis, qu'est-ce que la façon de vivre des Anishinabe?* » supplia Billy.

« Tu vois la fenêtre au bout de l'étage supérieur? Quand j'avais seulement six ans, j'avais l'habitude de me tenir là et de regarder au loin, en espérant voir jusqu'à la maison. J'étais tellement seule. Je ne pouvais jamais voir ma maison, mais un jour en me promenant, j'ai vu un papillon orange et noir qui volait dans le vent. Il était libre et ça m'a rendu très heureuse. Ça m'a donné de l'espoir. C'est la seule fois où j'ai ri dans ce bâtiment. Écoutez cette histoire mes petits-enfants. »

Un jour, il y a très longtemps, Nanabosho marchait dans la forêt à la recherche de quelque chose à manger. Soudain, il entendit un bébé pleurer. « Oh non, » pensa-t-il, « je dois aller voir pourquoi ce bébé pleure. »

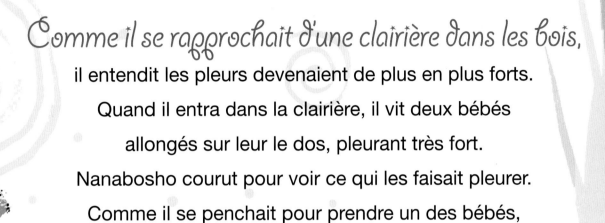

Comme il se rapprochait d'une clairière dans les bois,
il entendit les pleurs devenaient de plus en plus forts.

Quand il entra dans la clairière, il vit deux bébés

allongés sur leur le dos, pleurant très fort.

Nanabosho courut pour voir ce qui les faisait pleurer.

Comme il se penchait pour prendre un des bébés,

il entendit une voix. « S'il vous plaît, ne prenez pas les bébés. »

14

Nanabosho se retourna et vit une femme assise sur une roche.

« Est-ce qu'on ne devrait pas prendre un bébé qui pleure? »

demanda Nanabosho.

« Pas dans ce cas-ci, » répondit la femme.

« Je suis leur mère. Tu dois comprendre que ces bébés

ont huit frères et sœurs qui les aiment beaucoup

et qui feraient n'importe quoi pour les aider. »

« *Si les bébés pleurent,* leurs frères et sœurs les prennent
les bercent et leur chantent de jolies chansons,
ou ils leur jouent du tambour jusqu'à ce que les bébés
heureux de nouveau.
« Si les bébés sont mouillés, leurs frères et sœurs
les prennent et vont les laver à la rivière pour les laver
et ramassent de la mousse pour leurs sacs les garder au sec.
« Si les bébés ont faim, leurs frères et sœurs vont trouver
de la nourriture pour eux et les nourrir. »

« *Partout où nous allons,* nous portons les bébés.

Personne ne les laisse par terre quand ils sont réveillés.

Quels frères et sœurs parfaits pour ces bébés! »

« *Le problème avec toute cette* attention, c'est que les jumeaux n'ont jamais rien eu à faire par eux-mêmes. Ils devraient déjà ramper, marcher et courir. Ils devraient explorer eux-mêmes leur univers, mais ils restent là et pleurent jusqu'à ce qu'un de leurs frères ou sœurs viennent les aider. Alors aujourd'hui, j'ai amené les jumeaux ici et j'ai envoyé leurs frères et sœurs faire des tâches qui vont leur prendre toute la journée, comme ça, personne ne va leur donner trop d'attention. J'espère que ça va aider mes bébés à apprendre à faire des choses par eux-mêmes. »

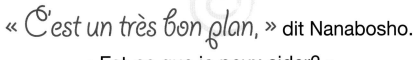« C'est un très bon plan, » dit Nanabosho.

« Est-ce que je peux aider? »

« Tant que tu ne prends pas les jumeaux dans tes bras, »
répliqua la mère.

« J'ai une idée, » dit-il. « Regarde. »

Nanabosho marcha jusqu'aux jumeaux qui continuaient de
pleurer, et s'assit entre les deux. Les jumeaux le regardèrent,
mais continuèrent à pleurer.
Alors Nanabosho étendit sa couverture entre les deux bébés et
commença à ramasser des feuilles qui étaient tombées des arbres.
Les feuilles avaient été sur le sol tellement longtemps qu'elles avaient
commencé à se plier. Nanabosho les aplanit doucement.
Les jumeaux, pleurant toujours, regardaient ce qu'il faisait.

Nanabosho ramassa des fleurs et des baies. Il écrasa les pétales des fleurs pour en faire une pâte et commença à peinturer avec ses doigts des fleurs sur les feuilles. Les pleurs des jumeaux s'adoucirent peu à peu pendant qu'ils regardaient Nanabosho peindre.

Il trempa alors la pointe d'une branche tombée d'un arbre
dans le jus des baies et traça les veinures des feuilles en noir,
rouge ou bleu. Il ajouta même des points de couleur
sur certaines feuilles.
Les pleurs des jumeaux continuèrent à s'adoucir alors qu'ils
regardaient Nanabosho peindre les feuilles.

Quand il eut fini, Nanabosho, se redressa

et sourit en contemplant toutes les belles feuilles qu'il avait peintes.

Il prit alors les coins de sa couverture avec ses mains et la secoua.

Les feuilles volèrent dans les airs et flottèrent en redescendant.

Les jumeaux regardèrent les feuilles monter et descendre et leurs

pleurs s'étaient presque complètement arrêtés.

Nanabosho secoua de nouveau la couverture, et les feuilles volèrent encore plus haut dans les airs et flottèrent en redescendant. Les jumeaux arrêtèrent de pleurer et regardèrent les jolies feuilles.

N'entendant plus les enfants pleurer, Nanabosho secoua la couverture encore plus fort. Les feuilles filèrent dans les airs, montant et tournoyant encore plus haut. Cette fois, comme les feuilles redescendaient, les jumeaux essayèrent de les toucher et de les attraper; mais comme ni l'un ni l'autre n'avait jamais rien attrapé tout seul, ils étaient très maladroits et n'arrivaient pas à attraper les feuilles.

Cette fois-ci, Nanabosho secoua la couverture de toutes ses forces et les feuilles filèrent dans les airs comme des fusées. À ce moment précis, un grand coup de vent emporta les feuilles plus haut encore et dans toutes les directions.

Les jumeaux roulèrent sur leur ventre et commencèrent à ramper vers les feuilles qui commençaient à se transformer en de merveilleux papillons multicolores.

Très vite, les jumeaux se levèrent et commencèrent à marcher, mais les papillons volaient rapidement dans la forêt. Les jumeaux pourchassèrent les papillons en courant, en riant et en sautant. Peu après, les papillons s'envolèrent dans la forêt et partirent vers les quatre coins du monde. Les jumeaux eurent tant de plaisir à courir, rire et sauter qu'ils coururent vers leur mère en sautant et en riant sans arrêt, la tirant par les mains pour qu'elle se joigne à eux.

La mère regarda Nanabosho

et dit « megwetch (merci). »

« À partir de maintenant, » dit Nanabosho en souriant, « de jolis papillons couvriront le monde, amenant émerveillement et rires aux enfants de partout. Chacun d'eux sera appelé memengwa (papillon), et ensemble nous les appelleront memengwak (papillons). »

Quand Nokomis finit son histoire, memengwa atterrit sur son épaule. Il était orange et noir.

Autres titres dans la série Nanabosho:

The Birth of Nanabosho

Nanabosho and the Woodpecker

Nanabosho and the Cranberries
(Joe McLellan et Matrine McLellan)

Nanabosho Grants a Wish
(Joe McLellan et Matrine McLellan)

Nanabosho Dances

Nanabosho – How the Turtle Got its Shell

Nanabosho and Kitchie Odjig
(Joe McLellan et Matrine McLellan)

Nanabosho, Soaring Eagle and the Great Sturgeon

Nanabosho Steals Fire

Nanabosho and Porcupine
(Joe McLellan et Matrine McLellan)

Autres titres chez Pemmican par Joe McLellan
et Matrine McLellan

Goose Girl